Émile Zola

EL PARAÍSO DE LOS GATOS

Ilustraciones de Martina Matteucci

El Paraíso de los Gatos
es editado por
EDICIONES LEA S.A.
Av. Dorrego 330 C1414CJQ
Ciudad de Buenos Aires, Argentina.
E-mail: info@edicioneslea.com
Web: www.edicioneslea.com

ISBN 978-987-718-596-6

Impreso en Argentina. Primera edición.
Diciembre de 2018. Pausa Impresores.

Zola, Emile
    El paraíso de los gatos / Emile Zola ; adaptado por Lito Ferrán. - 1a ed . -
Ciudad Autónoma de Buenos Aires : Ediciones Lea, 2018.
    64 p. ; 29 x 19 cm. - (Filo y contrafilo)

    ISBN 978-987-718-596-6

    1. Cuentos Clásicos. 2. Cuento. I. Ferrán, Lito, adap. II. Título.
    CDD 863.9282

*Ocurrió que mi tía me regaló un gato
de angora que, sin dudas, es el animal
más estúpido que he conocido.*

*Lo que sigue es lo que me contó ese
gato, una tarde de invierno, al calor
del fuego de mi chimenea.*

En ese tiempo, yo tenía dos años y, lo admito, era el gato más gordo e ingenuo que existía. A esa tierna edad aún parecía un animal al que no le importaban las comodidades de un hogar. Y sin embargo, ¡cuánto tenía que agradecer a la providencia por haberme acomodado en casa de su tía! Esa buena mujer me adoraba. Hasta tenía, en el fondo de un armario, un verdadero dormitorio, con tres acolchados y un almohadón de plumas. La comida también era de lo mejor. Nada de pan, sopas insulsas o sobras. Solo carne, carne roja y de excelente calidad.

Pues bien, en medio de tantos placeres, yo tenía un único deseo, un sueño: deslizarme por la ventana entreabierta y escapar hacia los tejados de las casas vecinas.

Las caricias me parecían tontas, la comodidad de mi cama me provocaba náuseas, y me aburría el día entero a causa de tanta felicidad.

Debo decirle que, alargando el cuello, había visto desde la ventana el tejado de la casa que estaba frente a la de su tía. Allí, cuatro gatos se peleaban, tenían las pieles erizadas y las colas en alto, se calentaban al sol y lanzaban juramentos de alegría. Nunca había contemplado algo tan extraordinario.

Entonces me convencí de que la verdadera
y única felicidad se hallaba en aquel
tejado, detrás de la ventana cerrada
con tanto cuidado.

¿Cómo lo sabía?

Me lo demostraba el hecho de que cerraran
así las puertas de los armarios donde
escondían la carne.

Fue por eso que pensé en huir.
Estaba seguro de que en la vida
debía haber algo más que carne
roja. Algo ideal, desconocido,
incierto. Así que, un día que
olvidaron cerrar la ventana de la
cocina, salté a un pequeño tejado
que había debajo.

II

¡Qué hermosos eran los tejados!
Estaban bordeados por largas
canaletas que despedían deliciosos
aromas. Anduve voluptuosamente
por aquellas canaletas, hundiendo
las patas en un fino barro de una
tibieza y suavidad placenteras. Parecía
que caminaba sobre terciopelo, y
disfrutaba del calor del sol.

No le negaré que
temblaba continuamente.

El miedo se mezclaba
con la alegría.

Me acuerdo, especialmente, de una terrible impresión que estuvo a punto de hacerme caer sobre el asfalto de la calle. Tres gatos bajaron del techo de una casa y se acercaron a mí, maullando sin parar. Y como yo parecía muy cansado, me llamaron gordinflón y me dijeron que lo hacían para divertirse.

En fin, me puse a maullar con ellos.

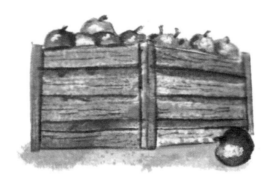

¡Era fantástico!

Aquellos hermanos felinos no estaban tan
estúpidamente gordos como un servidor,
y se burlaron de mí cuando me resbalé
sobre las placas de zinc recalentadas por
el sol del mediodía.

Pero un viejo gato de aquella banda, al que le caí bien, se ofreció a educarme, algo que acepté muy agradecido.

¡No se imagina lo lejos que estaban
las comodidades de su tía!

Yo bebía el agua sucia de las canaletas,
y ninguna leche azucarada me había
parecido tan dulce ni deliciosa.

Sentía que todo estaba bien
y todo lo disfrutaba.

Una gata deslumbrante pasó a mi lado,
una gata que me emocionó de una
manera desconocida. Hasta entonces
solamente había visto en sueños a
esas preciosas criaturas cuyo espinazo
parece tan adorablemente flexible.

Mis tres compañeros y yo nos abalanzamos sobre la recién llegada. Me adelanté al resto y, cuando me disponía a cortejar a la encantadora gata, uno de mis camaradas me mordió salvajemente en el cuello.

No pude evitar lanzar un grito de dolor y me rezagué.

—¡Bah! —me dijo el viejo gato, consolándome—, ya habrá otras.

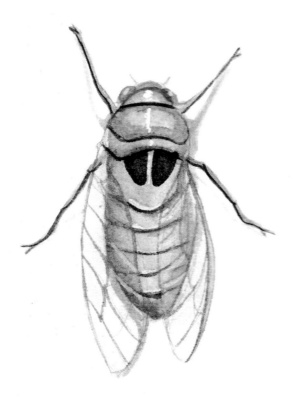

III

Al cabo de una hora de estar paseando, sentí hambre.

¡Y mucha!

—¿Qué se come en los tejados? —le pregunté a mi amigo, el viejo gato.

—Lo que se encuentra —me respondió sabiamente.

Esa respuesta me desconcertó, ya que, aunque buscara y buscara, no encontraba nada para llevar a mi estómago.

Hasta que en una humilde buhardilla
vi a una joven obrera que se estaba
preparando la comida. Sobre la mesa,
debajo de la ventana, se veía una
hermosa chuleta de carne de un color
rojo absolutamente apetitoso.
"Justo lo que necesitaba", pensé con
toda ingenuidad.

Salté sobre la mesa para apoderarme de la chuleta. Pero cuando la obrera me vio, me pegó un terrible escobazo en el lomo. Solté la carne y hui, lanzando un terrible juramento.

—¡Qué ignorante! —me dijo el viejo gato—.
La carne que está sobre las mesas
solamente es para desearla de lejos.

Donde hay que buscar es en las canaletas.

Nunca pude entender por qué la carne de las cocinas no pertenecía a los gatos. Pero de nada sirven estas especulaciones, porque mis tripas habían comenzado a quejarse sonoramente.

Mi amigo felino me aclaró que había que esperar hasta la noche. Entonces bajaríamos a la calle y escarbaríamos en los tachos de basura, que abundaban.

¡Esperar hasta la noche!

Y lo decía tan tranquilo, como si fuera un filósofo experimentado. Yo sentí espanto ante la simple idea de aquel ayuno tan prolongado.

IV

La noche llegó lentamente, una noche con
niebla y muy fría. Empezó a caer una lluvia
fina y penetrante, y soplaron heladas ráfagas
de viento.

Bajamos por el ventanal de una escalera.

¡Qué fea me pareció la calle!

Habían desaparecido el calor de la tarde, el
sol resplandeciente, los tejados blancos de
luz en los que podía revolcarme con placer.
Mis patas resbalaban sobre el pavimento, y
recordé con amargura mis tres acolchados
y mi almohadón de plumas.

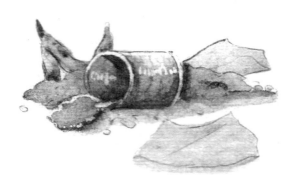

Tan pronto como estuvimos en la calle, el viejo gato comenzó a temblar. Se encogió hasta hacerse pequeño y corrió furtivamente delante de las casas, diciéndome que lo siguiera lo más rápido que pudiera.

Cuando encontró una puerta entreabierta,
se refugió detrás de ella, dejando
escapar un ronroneo de satisfacción.
Cuando le pregunté por esa huida, me dijo:

–¿Viste a ese hombre que llevaba una gran
cesta de mimbre y un garfio?

–Sí.

–Si ese hombre nos hubiera visto, nos
habría matado para comernos asados.

–¡Asados! –exclamé–. ¿Pero entonces
la calle no es nuestra? Cómo puede ser...
¡En vez de comer, nos comen!

V

Mientras manteníamos esta conversación,
habían arrojado la basura delante de las
puertas. Escarbé en ella con desesperación
y encontré dos o tres huesos pelados.
Fue cuando me di cuenta de lo sabrosa y
abundante que es la comida de su tía.

Mi amigo hurgaba con destreza entre
las sobras. Me tuvo corriendo hasta el
amanecer, examinando y buscando algo
para comer sin apresurarse.

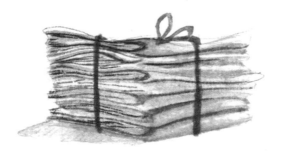

Luego de casi diez horas bajo la lluvia,
yo temblaba de frío.

¡Maldita calle y maldita libertad!

¡Cómo extrañaba mi bella cárcel!

Por la mañana, el viejo gato, que notaba mi
sufrimiento, me preguntó:

—¿Ya has tenido suficiente?

—Ya lo creo —respondí.

–¿Volverías a tu casa?

–Claro, ¿pero cómo encontrarla?

–Sé dónde está. Al verte salir esta mañana, comprendí que no estás hecho para las peligrosas alegrías de la libertad.

Vamos, te acompañaré hasta la puerta.

Y dijo todo esto con enorme sencillez.

Cuando llegamos, se despidió sin mostrar ningún tipo de emoción:

—Adiós.

—¡No! —exclamé—. ¡No nos despediremos así! Te invito a mi casa, compartiremos la misma cama y la misma comida. Vivo con una buena mujer...

Pero no dejó que continuara hablando.

—No —dijo bruscamente—, ¡qué tonto! Moriría en la calidez y comodidad de tu hogar. Tu vida regalada es buena para gatos domesticados, pero los gatos libres nunca pagarán con la prisión tus manjares y tu almohadón de plumas. Adiós.

Y trepó de nuevo hacia los tejados.

Vi su gran silueta delgada estremecerse de placer al sentir los rayos del sol de la madrugada.

Cuando entré en la casa, su tía me esperaba con un cinturón de cuero en la mano con el que me pegó en el lomo como castigo por haberme escapado.

Debo decirle que, a pesar de los golpes, experimenté una profunda alegría.

¡Cómo disfruté el placer de sentir calor y ser castigado! No me importaba, ¡me relamía pensando en la comida que me daría después!

VI

–¿Lo ve? –concluyó mi gato, estirándose frente a las llamas de la chimenea–.

La verdadera felicidad, el paraíso, consiste simplemente en ser encerrado y golpeado en una habitación donde haya carne.

Por supuesto, hablo de los gatos.